رواية

يوم الاعتراف

23 مارس

د. جُمان الريحاني

إهداء..

إهداء إلى كل المحبين والعشاق الذين يبحثون عن طرق

خلاقة لكي يحتفلوا بالحب..

وإهداء إلى الذين يبحثون عن أفكار مبتكرة لكي يعترفوا

بالحب

جمان الريحاني

كان يا ما كان

كان يا ما كان في زمان معين، ومكان معين جرت أحداث قصة حب جميلة.

ولد طفل لعائلة وطفلة في عائلة تبعد العائلتان مسافة بعيدة عن بعضهما، ولكن ولد الطفلان في نفس السنة ونفس اليوم بالتحديد يوم 23 مارس.

أطلقت عائلة سام وريخا اسم حبيب على ابنهما الوليد الذكر الجميل وقوي البنية، والذي كانت لديه وحمة على

رأيه في الجانب الأيسر بالقرب من شعره، والتي كانت تشبه نصف القلب يتوجه إلى الأعلى.

وأطلق الزوجان راما وسواريتا اسم حبيبة على ابنتهما التي ولدت في نفس اليوم 23 مارس من تلك السنة.

لقد كانت الطفلة حبيبة تحمل نفس الوحمة أو العلامة على جبينها وتقريبا في نفس المنطقة التي عليها علامة الطفل حبيب.

ولكن العلامة على جبين حبيبة كانت متوجهة إلى الأسفل، عكس علامة حبيب.

لقد كانت العلامتان متماثلتان إلا أنهما عكس اتجاه بعضهما، وإن تمّ جمعهما لأصبحا قلبا كاملا جميلا ومثاليا.

كان الطفلان يشتركان في العديد من المواصفات، وليس فقط هذه العلامة وليس فقط يوم ميلادهما.

لقد كان من العجيب وأن كلا من العائلتين تعيش في بلدين مختلفين، إلا أن الطفلين قد ولدا في نفس اللحظة وليس نفس التوقيت الذي يختلف من بلد إلى بلد.

مرّ الطفلان بحياة جميلة، وعاشا مرحلة طفولة رائعة وقد كانا طفلان هادئان.

حبيبة الجميلة

كانت طفلة هادئة جميلة الوجه كالملائكة تحب اللعب لوحدها مع ألعابها لم تكن تحب اللعب مع الأطفال لأنها حساسة جدا

ولكن رغم ذلك فقد كبرت وهي محبوبة من طرف الجميع فكان زملاؤها في المدرسة يحبونها ذلك أنها لم تكن تزعج أي أحد أو تضايقه بأي شكل من الأشكال

ومرت الأيام والسنوات وكانت حبيبة تزداد جملا وبهاء وكانت صاحبة إطلالة ملائكية

وكان الصبية من صفها وحتى من الصفوف الأخرى معجبون بحبيبة ويحاولون التقرب منها لكنها كانت والحصول على ودها وعلى قلبها

لكن حبيبة كانت تركز على دراستها وتطوير نفسها ولم تعرهم أيما اهتمام ولكنهم كانوا يحاولون لأنها لم في حيتها أي شاب فكان الكل له أمل في قلبها وذلك لجمالها وهدوئها وطيبة قلبها

ومرت الأيام والسنوات والحال على حاله

الشاب حبيب

كان حبيب محبا للرياضة منكبا عليها دون ما انقطاع وكان حلمه أن يصبح بطلا عالميا فكان لا يرجع من قاعة الرياضة ويقضي معظم وقته فيها بل معظم حياته

وفي نفس الوقت لم يضيع دراسته ونجاحه فيها فانه دائما يحصل على علامات ممتازة

ولم يكن يهتم للبنات في مدرسته رغم انه كان وسيما وقد حصل على جسم رياضي

وكان صاحب إحساس مرهف وله قلب طيب هو الآخر وهادئ فكان زملاؤه يحترمونه ويحبونه

كانت والدة حبيبة تحبها وتحترم رأيها في تواصل دراستها وتصنع لنفسها اسما

وكانت والد حبيب يحبه ويحترم اختياره أن يصبح بطلا عالميا وان يصنع لنفسه اسما في البطولات الرياضية

لكنه كان دائما يسر عليه أن لا يضيع دراسته رغم حبه للرياضة وسيطرتها على قلبه وان يأخذ علامات ممتازة فيها وان ينتقل من السنة إلى الأخرى بعلامات جيدة.

صدفة بالقدر

في مرحلة المراهقة قررت عائلة حبيب أن تنتقل إلى بلد آخر، من أجل فرصة عيش أفضل وحياة أحسن، ومن اجل تحسين مستواهم المعيشي.

لقد كان من فعل القدر أن انتقلت عائلة حبيب إلى نفس البلد الذي تعيش فيه عائلة حبيبة، ولكن لم تكن نفس المدينة.

انضم حبيب إلى فريق رياضي، وهذا ما جعل عائلة حبيب تغير المدينة إلى مدينة أخرى، لرعاية الشاب الرياضي، وذلك في مرحلة الثانوية.

وبعد مرور سنتين، والعائلتان تعيشان في نفس المدينة وقع حادث مريع.

لقد انقلبت حافلة مدرسية وتم نقل كل التلاميذ إلى المستشفى، في ذلك المستشفى، حيث كانت والدة حبيبة تخضع لتحاليل لأنها قد عانت من إغماء في اليوم السابق، وأصرّ عليها زوجها بأن يأخذها إلى المستشفى.

لقد كانت حبيبة مع والديها في المستشفى، عندما أدخل الصِبيَة الرياضيين الذين كان بينهم الشاب حبيب في عمرِ السابعة عشر.

التقى حبيب بحبيبة في الرواق لأوّل مرة في حياتهما وقد كانت الصدفة أن ذلك اليوم قد صادف عيد مولدهما السابع عشر يوم 23 مارس.

شعر حبيب بأن ما حصل معه لم يكن حادثا أليما، بل في الحقيقة أن ما حصل معه قد جعل ذلك اليوم أجمل يوم في حياته.

فقد كان وكأنه قد أغرم بتلك الفتاة الجميلة في رواق المستشفى.

أما بالنسبة للفتاة حبيبة فقد وقعت في الحب من أوّل نظرة عين، وكأن عالهما قد تمّ هزه وانقلب كيانها، لقد شعرت بمشعر غريبة، وأصبحت مشاعرها مختلطة.

كما أنها في البداية لم تستطع أن تقوم بتفسير تلك الحالة الغريبة التي هي فيها، ولكن قلبها كان قادرا على التفسير.

كانت حبيبة فتاة محبوبة، ولطالما كان لديها الكثير من المعجبين لأنها قد كانت فتاة جميلة، ولكنها لم تلتفت يوما لأي شاب في مدرستها.

هناك من كان يعتبرها مغرورة أو متكبرة وهناك من كان يعتبرها صعبة المنال.

لقد كانت لها شخصية منفردة، رغم أنها قد كانت بالفعل لطيفة ولكنها لم تستلطف أي شاب من قبل.

أما اليوم.. فقد وجدت نفسها مشدودة إلى ذلك الشاب جميل الوجه.

عيد ميلاد سعيد

في ذلك اليوم.. الذي كان مميزا في حياة الشابين معا، والذي صادف عيد ميلادهما، التقت الفتاة بذلك الشاب، الذي لاحظت بأن لديه نفس العلامة التي على جبينها بالتقريب.

لقد لفت انتباهها وأعجبت به وبشعره الناعم الطويل نسبيا، والذي كان مسدولا على عينيه.

لقد شعرت بالكثير، بل شعرت بأن قلبها ينبض لأول مرة، كما أن الشاب قد شعر بالمثل.

شعر ذلك الشاب الذي قضى كل حياته في الاهتمام بدراسته، وأنشطته الرياضية لا غير.

كان الأمر متماثل الاثنان لم تكن لهما أية علاقات سابقة، ولم يشعرا بتلك المشاعر وأيضا لم يقعا في الحب قبلا.

أراد الشاب أن يسأل الفتاة عن أية معلومات قد تجعله يتواصل معها، بعد أن همّت بالذهاب بعد الاصطدام الذي حدث بينهما في رواق المستشفى، فقال لها:

انتظري رجاء..

أريد أن اطرح عليك سؤالا إن سمحت لي بذلك

توقفت حبيبة وقالت:

ماذا تريد؟

حبيب:

أين تدرسين؟

حبيبة:

ولما هذا السؤال؟

حبيب:

أرجوك.. أريد أن أعرف فربّما نصبح أصدقاء.

حبيبة:

لا أريد أن أقول.

أنا ذاهبة.. إن والديّا في الانتظار.

حبيب:

ولكن... كيف سأراك ثانية؟

ابتسمت حبيبة، وقالت:

أنت من فريق النسور مدرسة السلام مدرستنا في الطرف الآخر من الشارع، وفريقنا عدو لفريقكم.

حبيب:

وأي فريق تشجعين؟

حبيبة:

أنا ليست لي أية ميولات رياضية، فأنا لا أشجع أي فريق.

حبيب:

حسنا.. هذا يعني بأنه لا يوجد ما يعجبك في فريق مدرستكم.

حبيبة:

ماذا تقصد؟ أنا لا أهتم إلا بدراستي

حبيب:

حسنا.. حسنا.. أنا لا اقصد أي شيء.

حبيبة:

لا عليك، والآن اسمح لي بالانصراف.

حبيب:

سوف نلتقي عمّا قريب.

حبيبة:

لا أعلم إن كان ذلك سيحدث

حبيب:

أرجوك لا ترفضي طلبي هذا، وخاصة في يوم مميز كهذا.

حبيبة:

ماذا تقصد؟ وما الذي يميز هذا اليوم؟

حبيب:

إنه عيد ميلادي لذا وافقي أن نلتقي مجددا، وأن نصبح أصدقاء.

حبيبة:

هل هو حقا عيد ميلادك؟

حبيب:

نعم حقا..

حبيبة:

غريب.

حبيب:

وما الغريب في ذلك؟

حبيبة:

إنه عيد ميلادي أنا أيضا.

حبيب:

هذا فعلا غريب.

حبيبة:

وكم صار عمرك؟

حبيب:

18 سنة وأنت؟

حبيبة:

18 سنة أيضا.

حبيب (وهو يضحك):

نحن توأم إذن.

حبيبة:

كف عن السخرية.

حبيب:

حسنا.. لا تغضبي إنه أجمل يوم في حياتي، وأجمل عيد ميلاد مر علي.

كل عام وأنت بخير، وكل عيد ميلاد ونحن معا

وقال في نفسه ومن دون أن تسمعه حبيبة:

هذا العيد وقعت في حبك، فكل عام وأنا واقع في حبك.

كل عام وأنت لي وكل عام وأنا لك

كل عام ونحن ..

ونحن معا.

إلى الأبد.

ابتسمت حبيبة بخجل، وقالت:

كل عام وأنت بخير أيضا.

وعود الامتنان

مرت عدة أيام، وحبيب ينتظر خروج حبيبة من مدرستها، وأحيانا لا يستطيع الوصول في الوقت المناسب.

بعد ذلك طلب من والديه الانتقال إلى مدرسة حبيبة، رغم أنه كان عضو مميز في فريقه الرياضي، ولكنه قد تخلى عن كل ما كان يحب من أجل تلك الفتاة التي سلبت له كيانه.

لقد قرر وبكامل إرادته أن ينتقل إلى تلك المدرسة وفقط من أجل حبيبة التي أعجب بها، بل والتي أدرك أنه قد ووقع في حبها.

كان ذلك الانتقال من مدرسة حبيب إلى مدرسة حبيبة جانب جيد وايجابي بالنسبة لحبيب، لأنه قد أصبح في استطاعته أن يراها يوميا وخلال أغلب الفصول.

لقد كان الاثنان في فصول مشتركة وبعض الفصول كانت تفصلهما، ولكن حبيب كان يختلس النظر من النوافذ ويتبع حبيبة بنظراته في الساحة والمطعم، وفي كل مكان في المدرسة.

أما بالنسبة لحبيبة، فقد أخبرته بأنها قد وعدت والديها بأنها سوف تبذل قصارى جهدها، وأنها سوف تنجح في دراستها.

وهكذا قرر الاثنان التروّي في علاقتهما، وأن لا ينشغلا عن الأمور المهمة مثل الدراسة والمستقبل،

الذي ينتظرهما بعلاقتهما التي كان الاثنان يرياها أن تستمد إلى كل الحياة.

لقد كانا شابان واعيان ويفهمان الأمور بعقلانية، لذا فقد اتفقا على الأمر الذي في صالحهما مع الاهتمام بعلاقتهما، التي كان يعتقد الاثنان بأنها سوف تدوم إلى الأبد.

كان الشابات يتبادلان النظرات التي تدل على الأشواق والحب، إلا انه لا أحد منهما صارح الآخر بالحب.

الاعتراف بالحب

بعد مرور وقت، وبالضبط في عيد ميلاد الشابين، وقبيل خروجهما من الثانوية، قرر الشاب أن يعترف لحبيبته بالحب الذي يشعر به تجاهها.

فقد عرف بأنه يحبها، وبعد عدة أيام وليالي عرف بان ما يشعر به هو الحب.

فهو يتلهف لرؤية حبيبته كل يوم، وكل لحظة وكل ثانية.

يشعر بنبضه يتسارع كلما سمع صوت حبيبته أو هلت عليه ورآها.

يشتاق إليها ويفكر فيها دائما، وكل الوقت

تغمره السعادة كلما خطرت بباله

يعرف بأنها هي السعادة بالنسبة إليه

لا يستطيع العيش بعيدا عنها، ولا حتى يستطيع التفكير في فكرة مثل هذه، فإنه سوف يمرض إن هي ابتعدت عنه.

تضيق عليه الدنيا إن غضبت منه أو خاصمته

لا يمكن أن يستبدلها بأية فتاة أخرى.

لا يمكن أن يملأ أحد الفراغ الذي يحدثه ابتعاد حبيبته عنه إن حدث وابتعدت.

إن فكر في حياة وشريك حياة كانت هي اختياره الأول والأخير.

يشعر بمشاعر معها لا يشعر بها مع أي أحد آخر

وأحيانا تراوده مشاعر مختلطة، ولا يستطيع تفسيرها.

لقد كان حبيب يرى بأن حبيبة حبيبته تبادله نفس الشعور، لأنها تفرح لرؤيته وتشتاق إليه، وهذا يظهر في كل تصرفاتها كما أنها تنظر إليه غالبا.

وأيضا تسترق النظر إليه كلما سنحت إليها الفرصة.

قرر حبيب أن يهدي حبيبته في عيد ميلادهما أجمل هدية قد تخطر على بالها، وهي اعترافه بالحب لها، وكان يتمنى أن تهديه كلمة واحدة وهي:

"أحبك"

وهكذا وعندما حلّ عيد ميلادهما طلب حبيب أن يقابل حبيبة في حديقة المدينة وقال لها بأن ما سيقوله لها هو أمرا مهم جدا ولا يمكن تأجيله إلى يوم آخر

لقد أخبرها بأن الأمر عاجل، ويجب أن توافيه إلى الحديقة لكي تعرف ما هو الأمر المهم.

لقد كان متشوّقا لفعل أمرا مميز في يوم مميز كهذا.

جاءت حبيبة إلى الموعد الذي لديها في الحديقة، وفي الوقت المناسب، كما تواعدا الاثنان.

عندما جاءت وقد كانت تعتقد بأن حبيب سوف يقدم لها هدية كالعادة بمناسبة عيد ميلادها، فأحضرت له هدية معها من أجله فاليوم كان عيد ميلاد حبيب أيضا.

سرّ حبيب كثيرا برؤية حبيبته الفاتنة الهادئة، تلك الابنة الجميلة والتي كانت تتقدم باتجاهه بخطوات ثقيلة وخجلة.

قدم حبيب زهرة حمراء لحبيبة، وقال لها:

كل سنة وأنت بخير يا حبيبة.

حبيبة:

تفضل هذه الهدية يا حبيب، وكل عام وأنت بخير أيضا.

حبيب:

حبيبة أريد أن أقول لك أمرا، وهذا ما طلبت منك المجيء إلى هنا ،واليوم بالذات لكي أخبرك به.

حبيبة:

وما هو؟

حبيب:

أريد أن أخبرك بأنني ..

أنني ...

حبيبة:

أنك ماذا؟

حبيب:

لقد اخترت هذا اليوم المميز بالذات لكي أخبرك بهذا

حبيبة:

هذا ماذا.. أنت لم تخبرني بشيء لحد الآن؟!

حبيب:

أنا..

حبيبة:

أنت.. !

حبيب:

آه..

لقد شعرت بالإحراج.

حبيبة:

هل الموضوع محرج؟

حبيب:

لا.. لا أبدا.

حبيبة:

إذن ما الأمر؟

حبيب:

اسمعي سوف استجمع بعض القوّة، وأخبرك بالأمر

أخذ حبيب نفسه! وقال مرة واحدة! وبكل شجاعة:

حبيبة أنا أحبك.

شعرت حبيبة بالإحراج كثيرا واحمر وجهها ولم تجد ما يمكنها قوله ولم تستطع أن ترفع عينها إلى حبيب الذي كان ينتظر أن يعرف ردة فعلها.

ثم قال:

هل سمعت يا حبيبة؟

لقد قلت لك أنا أحبك

أنا أحبك

فقالت حبيبة:

وأنا أيضا.. أحبك يا حبيب.

اعترف الاثنان لبعضهما بالحب الذي يشعران به تجاه بعضهما، وأصبح يوم عيد ميلادهما 23 مارس هو أيضا يوم الاعتراف بالحب، وهو يوم مميّز في حياة العاشقين.

رغم أن الاثنان كان يميلان لبعضهما، إلا أن الاعتراف بالحب هو أمر آخر.

الاعتراف بالحب: هو عهد ووعد.

ولا يمكن أن يشعر بالثقة في حبه إلا من يسمع تلك الكلمات من حبيبته، وهكذا تكون بداية العلاقة، وهكذا تكون بداية الثقة.

الاعتراف بالحب هو أمر في غاية الأهمية بالنسبة لأي عاشق ومعشوق.

خاتم الزواج

بما أن الاثنان مقبلان على الدراسة الجامعية في المستقبل القريب، فقد تواعدا على الحب.

لقد قدم حبيب وعدا لحبيبته حبيبة بأنه بمجرد أن يكملا دراستهما سوف يفكر في الارتباط، وأن يعيشا كل حياتهما معا، لأن الحب يجمعهما، ولا يمكن أن يفترقا.

وهكذا مرت سنوات الدراسة..

وفي آخر سنة، وقبل أن يتخرجا من الجامعة، صارح حبيب حبيبته حبيبة برغبته في الارتباط، وأن يتوحدا إلى الأبد، فلا يمكنه أن يعيش بعيدا عنها.

لقد قدّم لها خاتما، وطلب منها الزواج، وهكذا وافقت هي ولبست الخاتم.

لقد قدم لها الخاتم في عيد ميلادهما يوم 23 مارس وهكذا أصبح هذا العيد، يعني لهما الكثير.

عيد ميلاد لهما معا، وأيضا أصبح عيد حبهما لأن حبيب قد صارح حبيبة بالحب في نفس اليوم، كما أن حبيبة قد بادلته المصارحة، وأخبرته بأنها هي أيضا تحبه.

وأخبرته بكم الحب في قلبها له.

واليوم أصبح هذا اليوم يعني لهما معاني أكثر، ويرتبط بمناسبة أخرى جديدة، وأصبح ذكرى ليوم أن تقدم حبيب لخطبة حبيبة، حيث قدم لها خاتم الزواج، وهي قد وافقت.

لقد كان ذلك اليوم ميمونا ومقدّسا، وأيضا مباركا، وأصبح يرتبط بمناسبات أكثر.

وكل عام يصبح هذا اليوم أكثر تقديسا بالنسبة لحبيبة وحبيب، لأنه يوم يرتبط بكل المناسبات السعيدة.

وقد أصبحت حبيبة تتفاءل بهذا اليوم الميمون، وتشعر بأنه يجلب معه كل سنة الأفراح والسعادة.

لقد وفق حبيب في إيجاد عمل بعد التخرج بسهولة، بينما كانت حبيبة مترددة، لأنها كانت تفكر في أن تكمل دراسات عليا في مجالها، ولم تكن تريد أن تتحصل على وظيفة عادية.

وعندما حلّ عيد ميلادهما في تلك السنة! أخبرها حبيب بأنه وبعد أن أصبح لديه عمل جيّد.

وقال لها:

أنا أنوي أن أقوم بتأجير شقة.

فقالت له:

لما تريد أن تقوم بتأجير شقة.

هل تفكر في الانتقال من بيت والديك؟

حبيب:

نعم.. أنا أفكر في ذلك؟

حبيبة:

ولما عساك تفعل ذلك؟

حبيب:

من أجل الاستقلالية فقد أكملت دراستي وأصبح لي عمل يغنيني عن البقاء في بيت والدي.

حبيبة:

جيّد لك إذن.

حبيب:

ولكن ليس هذا هو السبب الوحيد

حبيبة:

لما إذن؟

حبيب:

لأنني ...

حبيبة:

ماذا؟!

ها قد جاءت نفس الحالة.. إذ تنوي إخباري بشيء ولكنك تتردد.

حبيب:

لا أنا لست مترددا.

حبيبة:

ماذا إذن؟ هيا اخبرني رجاء.

حبيب:

أنا أفكر في أمر، ولكن لا يمكن أن أفعله إلا إذا أنت وافقت..

حبيبة:

وما هو؟

حبيب:

حبيبة هل تتزوجينني؟

أنا أريد أن نسكن في تلك الشقة، وأن نتزوج فما رأيك أنت.

حبيبة:

نعم.. طبعا موافقة

حبيب:

ولكن متى؟

يجب أن نحدد موعدا.

حبيبة:

لا أعرف..

حبيب:

أنا أفكر في أن نتزوج قريبا.

حبيبة:

ولكن أنا لست جاهزة.

حبيب:

ما رأيك إذن أن نتزوج في عيد ميلادنا وعيد حبنا 23 مارس القادم؟

حبيبة:

نعم.. إنـها فكرة جيّدة، لقد أعجبتنـي.

حبيب:

هل أنت موافقة؟

حبيبة:

أنـا أوافق طبعا يا حبيبي..

احتفالات في يوم واحد

بالفعل عندما حلّ عيد ميلادهما في تلك السنة، كانت قد قامت حبيبة بكل ترتيبات الزواج، وتمّت إقامة حفل زفافهما مثلما كان متفق عليه.

لقد كان حفلا رائعا مليئا بالسعادة والفرح.

والأمر الذي كان قد جعل ذلك اليوم أكثر تميزا، هو تاريخه الذي يوافق عيد ميلاد العروسين، وأيضا يوافق الكثير من المناسبات السعيدة التي جمعتهما.

عيد ميلاد حبيب، وعيد ميلاد حبيبة.

ويوم الذي التقيا في لأول مرة.

واليوم الذي اعترفا فيه بالحب لبعضهما.

وأصبح ذلك اليوم ذكرى خطوبتهما.

واليوم هو يوم زفافهما، والذي سوف يتذكراه في كل عام، وسوف يحتفلان به لعدّة مناسبات سعيدة.

في بداية الأمر جمعهما ذلك اليوم صدفة، بأن كان عيد ميلاد كل منهما، وبعد ذلك جمعتهما فيه المناسبات السعيدة المليئة بالحب.

فكرة الإنجاب

مرت بعد الزواج سنة سعيدة مليئة بالحب، لم تخلق فيها أية مشاكل، وكان الاثنان على وفاق تام.

ولكن حبيبة شعرت بأنه حان وقت أن تنجب طفلا.

اتفق الاثنان في البداية على أن لا يستعجلوا في مسألة الإنجاب، ولكن حبيبة وبعد أن رأت بأن حياتها جيّدة، وكل الأمور تسير على ما يرام، أرادت أن تنجب فكلمت زوجها في الموضوع.

وقالت له:

حبيبي لقد كنت أفكر، وأظن أنني أريد أمرا، ولكن أتمنى أن توافقني الرأي.

حبيب:

ماذا هناك؟

حبيبة:

حبيبي لقد كنت أفكر في مسألة الإنجاب.

حبيب:

لقد اتفقنا سابقا على هذه المسألة، فما الجديد؟

حبيبة:

كنت أفكر في الأمر كثيرا مؤخرا وأعتقد بأنه قد حان الوقت لكي ننجب طفلا.

حبيب:

ألا تريدين أن ننتظر أكثر؟

حبيبة:

ولما ننتظر؟

حبيب:

لأننا قد اتفقنا على أن تسير الأمور هكذا.

حبيبة:

لا ..

أولا نحب، نحب بعضنا

وثانيا لقد زالت كل الشكوك والمعيقات.

أنت تعمل وراتبك جيّد، ونحن بصحة جيدة.

أعتقد ...

حبيب:

ماذا؟

حبيبة:

أعتقد أن الوقت مناسب.

حبيب:

حسنا حبيبتي.. كما تريدين

حبيبة:

لنحاول إذن.

حبيب:

هل تريدين أن تزوري الطبيب؟

حبيبة:

لما؟!

حبيب:

من أجل إجراء فحص، أو ربما للاستشارة.

حبيبة:

لا داعي لذلك سوف أتوقف عن تناول مانع الحمل فقط.

حبيب:

افعلي ما يجعلك تشعرين بالراحة.

حبيبة:

شكرا لك حبيبي..

حبيب:

ولما تشكرينني؟

حبيبة:

لأنك تدعمني دائما

حبيب:

أنا أحبك

حبيبة:

وأنا أيضا أحبك.

مرت ستة أشهر ولم يحدث الحمل، وهنا بدأت حبيبة تشعر بالقلق، ولكن جميع المحيطين بها طلبوا منها التمهل، والانتظار لفترة أطول.

مرت سنة، ولم يحدث حمل، فقررت حبيبة زيارة الطبيبة، بمرافقة زوجها.

بعد إجراء كل الفحوصات اللازمة، اكتشف الطبيب بأن هناك العديد من التعقيدات، ولن تستطيع حبيبة أن تنجب ببساطة.

لقد كانت أمامها فترة طويلة من العلاج، على أمل أن تصبح قادرة على الإنجاب.

لقد كانت حبيبة قوية وشجاعة، وناضلت من أجل أن تحقق حلمها هي وزوجها، وأن ينجبا طفلا يملأ حياتهما بالسعادة.

دعمها زوجها، الذي كان يحبها كثيرا، ولم يكن يتصور الحياة بدونها، ولكنه كان ليدفن رغبته في أن يصبح أبا، مقابل أن يعيش حياته مع زوجته وحبيبته حبيبة.

سنوات من الصبر

مرت أربعة سنوات، ولم يحدث الحمل ولا لمرة واحدة، حتى أن حبيبة كادت تفقد الأمل إلا أن حبيب كان ولازال يدعمها، وكان يحاول دائما أن يذكرها بالحب الذي يجمعهما، وفي يوسم عيد ميلادهما، قالت له حبيبة:

حبيبي اليوم، وفي عيد حبنا، وعيد زواجنا لدي أمر أصارحك به

حبيب:

ما هو يا حبيبتي؟

حبيبة:

أعتقد بأنني لن أنجب.

حبيب:

حبيبتي لا تقولي مثل هذا الكلام

حبيبة:

ولما لا..

إنها الحقيقة.

حبيب:

أية حقيقة، لا يمكنك أن تقولي أمورا غيبية، إنها أمور لا يعلمها أحد.

حبيبة:

ولكن...

حبيب:

أرجوك لا تكملي مثل هذا الحديث.

حبيبة:

بلى سأكمل ويجب أن تسمعني.

اجلس واسمع كلامي إلى آخر حرف.

جلس حبيب، وقال:

ها قد جلست، ماذا لديك لكي تقولي؟

حبيبة:

أعتقد بأنني ربما لن أنجب.

حبيب:

وماذا بعد؟!

الطبيب لم يقل هذا الكلام، بل قال يجب أن تتابعي العلاج.

حبيبة:

الطبيب.. الطبيب، الطبيب لن يشعر بما أشعر به أنا

حبيب:

حبيبتي الطبيب يعرف حالتك ويتابعك، وأعتقد بأنه سوف يجد الحل لحالتك.

حبيبة:

ولكن أنت لديك الحل، وبعيدا عني.

حبيب:

ما قصدك؟!

حبيبة:

أنت يمكنك أن تنجب.

حبيب:

إنه يوم عيد حبنا وذكرى زواجنا، فأرجوك أن لا تقولي أمورا تفسد هذه المناسبة.

حبيبة:

ولكن...

حبيب:

ولا تقولي لكن أيضا... وإن لم نستطع أن ننجب طفلا يمكنك عندئذ أن نتبنى طفلا إن أردت

فما رأيك؟

ابتسمت حبيبة، وقالت:

حسنا.. لن أقول المزيد.

حبيب:

بهذه المناسبة أريد أن أقول لك كل سنة وأنت الحب وأنت الحبيبة، وأنت الزوجة، وأنت كل حياتي وكل معانيها.

أحبك حبيبة

حبيبة:

وأنا أحبك يا حبيبي وزوجي.

أحبك يا كل عالمي.

ظهرت بعض التحسنات على حالة حبيبة الصحية في تلك السنة، وتفاءل الطبيب، وأخبرها بأن الأمل في حدوث الحمل قد أصبح موجودا وكبير.

عادت السعادة إلى حبيبة، وظهرت ملامحها على وجهها الجميل، وأصبحت منفتحة على الحياة.

بل وعادت إلى سابق عهدها، وأصبحت حياتها تشبه الحياة في أول سنة من زواجهما.

لقد أصبحت تهتم بزوجها، وأيضا الابتسامة لم تعد تفارق محياها، وقد شعر زوجها بهذا التغيير الذي طرأ على زوجته، وانعكس ذلك عليه، وعلى أسلوب حياتهما.

تفاءل الزوجان، وكانا ينتظران بفارغ الصبر، وكل مرة يقومان فيها بفحوص جديدة لحبيبة.

أجمل خبر

في أحد الأيام تلقت حبيبة اتصالا هاتفيا من الطبيب الذي طلب منها المجيء إلى المستشفى برفقة زوجها، لأنه يريد أن يكلمهما في أمر مهم.

عندما وصل الزوجان إلى المستشفى وجدا الطبيب في انتظارهما، فقال لهما:

لقد طلبت منكما الحضور لأنه يوجد أمر أريد أن أصارحكما به

حبيب:

حسنا أيها الطبيب، نحن في الاستماع.

حبيبة:

هل الأمر جيّد أو لا أيها الطبيب؟

لقد تعبنا من الأخبار غير الجيّدة نحن نتشوق لسماع أي خبر جيّد

حبيب:

أجل.. هذا صحيح أيها الطبيب

الطبيب:

لا تقلقا.. الأخبار التي لدي هي أخبار جيدة، وأنا متأكد بأنها سوف تنال إعجابكما.

حبيبة:

ما هي الأخبار أيها الطبيب؟

أخبرنا رجاء.. نحن في شوق وفضول.

حبيب:

هل ظهر أمل جديد للحمل.

هل تعتقد بأنه سوف يحصل حمل في الفترة المقبلة

الطبيب:

على رسلكما سوف أخبركما ما الأمر.

حبيبة:

أخبرنا أيها الطبيب

الطبيب:

الخبر هو أن حبيبة..

حبيبة أنت حامل.

حبيبة:

حامل؟!

حبيب:

حبيبة حامل أيها الطبيب؟!

الطبيب:

أجل حبيبة حامل، وسوف تصبحين أما قريبا إن شاء الله

حبيبة:

لا أصدق ذلك أيها الطبيب!

لا أصدق!

حبيب:

وأنا لا أيضا لا أصدق! بأن الأمر قد أصبح حقيقة.

وهكذا اكتملت سعادة الزوجان بحصول الحمل، ذلك الحمل الذي هو ثمرة حبهما.

إنه أول طفل لهما

طفل يحمل كل مشاعر الحب التي جمعتهما

طفل يكمل فرحتهما

طفل يملأ حياتهما بالسعادة والفرح

طفل يكملهما ويجعل العلاقة أعمق وأقوى

لم يصدق الزوجان تلك الأخبار السعيدة التي زفها لهما الطبيب، وكأن الأمر لم يكن صحيحا.

وهكذا أعطاهما الطبيب الكثير من التعليمات من أجل الحفاظ على الحمل وعلى صحة الجنين والأم.

لقد كان الحمل صعبا، وغير ثابت بشكل كلي، وكان يجب على حبيبة أن ترتاح وأن لا تتعرض للخطر، ولكي لا تعرض الحمل للخطر أيضا.

كانت حبيبة مستعدة لعمل أي شيء في سبيل إنجاح الحمل، لقد كان حلمها أن تنجب طفلا من زوجها وحبيبها حبيب.

لازمت حبيبة الفراش ووفّر لها حبيب كل وسائل الراحة من أجل أن يحافظا على الحمل.

كما أن والدتها كانت تمد لها يد المساعدة.

بالإضافة إلى أنها قد أصبحت تهتم بغذائها كثيرا، وأيضا تنتبه على مواعيد تناول الأدوية والفيتامينات في وقتها المناسب لها.

يوم الولادة الموعود

كان الحمل صعب جدا بالفعل كما توقع الطبيب، ولكن حبيبة قد كانت مريضة مطيعة وقد قامت بتوفير كل الأمور التي طلبها منها الطبيبة وامتثلت لكل أوامره.

في تلك الفترة أصبح الطبيب يزور حبيبة في البيت كل فترة من أجل الاطمئنان على حالتها الصحية.

مضت أشهر الحمل على ما يرام وحبيبة في قمة سعادتها، وهي في شوق لليوم الذي ستستقبل فيه ابنها أو ابنتها.

وعندما اقترب عيد ميلاد الزوجين وأيضا عيد زواجهما وحبيبة في شهرها التاسع، قرر حبيب أن يقيم حفلة لحبيبته وزوجته لكي يحتفل بهذه المناسبة السعيدة.

ولأن حالة حبيبة الصحية لا تسمح لها بالخروج ولا بالإجهاد، ولا حتى بالاختلاط مع الناس، قرر حبيب أن تكون الحفلة خاصة، وفي البيت أيضا.

اتفق حبيب مع البعض لمساعدته على تجهيز البيت والحفلة، ومن بينهم والدة حبيبة التي ساعدته، ولكنه غادرت بعد التجهيزات مباشرة، ولم تشأ أن تظل للحظة واحدة إضافية، لأنها كانت تعلم بأن الزوجين يفضلان الاحتفال معا ولوحدهما.

لم تكن تعلم حبيبة بأنهما سوف يحتفلان هذه السنة، بل كان في اعتقادها وكما أخبرها حبيب سابقا، بأنهما سوف يحتفلان في موعد آخر من هذه السنة.

أقام حفلة خاصة جميلة وزين الطابق الأسفل للبيت وأحضرت كعكة.

واعتذر من كل أقاربهم وأصدقائهم وأخبرهم بأنه سوف يقيم لهم حفلة بعد أن تقوم زوجته من الولادة بسلامة، فحالتها الصحية لا تسمح بالحفلات.

تفاجأت حبيبة بالحفلة الجميلة التي أقامها لها زوجها وقد طلب منها أن ترتدي ثوبا جديدا قد اشتراه لها، كما أنها قد أحضرت لها حلاقة لكي تصفف لها شعرها، وتساعدها على تزيين نفسها.

خلال الحفلة التي كانت جيدة جدا، وقد كانت حبيبة سعيدة جدا، وسعيدة أكثر بسعادة زوجها، وهي تراه فرحا بكل ما يجري معهما.

رغم أن حبيبة كانت تشعر ببعض التوعك إلا أنها لم تكن لتنغص على زوجها سعادته.

لكن حدث ما لم يكن متوقعا، لقد شعرت ببعض الانقباضات، ورغم أنها لم تكن تريد أن تجعل زوجها يشعر بذلك، إلا أن الألم لم يعد محتملا في مرحلة ما.

اكتشفت حبيبة بأنها قد دخلت في مرحلة المخاض، وقبل أن تطفئ الشموع التي على الكعكة، وصرخت وقالت:

أرجوك يا حبيب ساعدني أنا ألد

توتر حبيب كثيرا، وقال:

أنت تلدين، وما الذي يجب فعله؟!

ماذا افعل أرجوك أخبريني؟.

حبيبة:

لا تتوتر حبيبي.

لا داعي للقلق، أحضر حقيبتي وهيا بنا إلى المستشفى

حبيب:

حسنا سأفعل.

حبيبة:

لا تنس أن تتصل بالطبيب لكي يوافينا إلى المستشفى فهو الذي كان يتابع حالتي.

حبيب:

حسنا.. حسنا..

حبيبة:

أسرع يا حبيب..

حبيب:

أنا قادم..

حبيبة:

أرجوك أسرع

أحضر حبيب حقيبة الولادة وجاء، ثم قال لها:

هيا بنا..

حبيبة:

هل أحضرت مفاتيح السيارة؟

حبيب:

لا لقد نسيت، ولكن أين هي؟

حبيبة:

إنها هناك على الطاولة.

وصول الملاك

رغم أنه لم يكن موعد الولادة، وقد كان من المفروض أن تلد حبيبة بعد أسبوعين، ولكن حدث ما حدث.

وصل الزوجان إلى المستشفى، وكان الطبيب هناك في الانتظار.

لقد حان بالفعل موعد الولادة، وتمّ إدخال حبيبة إلى غرفة الولادة.

كانت الولادة معقد جدا، واستمرت العملية لعدة ساعات حتى الدقائق الأخيرة من ذلك اليوم.

وقبل أن تدق الساعة الثانية عشر بعدة دقائق تمت ولادة الطفلة.

لقد أنجبت حبيبة طفلة جميلة.

لقد كانت طفلة بدينة بعض الشيء، وبوجه ملائكي وأيضا بصحة جيدة جدا.

كانت الطفلة قد اكتسبت بعض الوزن لأن حبيبة أيضا قد اكتسبت بعض الوزن خلال حملها، حيث كانت تلازم البيت وتلازم الفراش، وهذا ما جعلها تزيد بعض الوزن أكثر من بعض الحوامل، ولكنها كانت تفكر في أن تخسر بعض الوزن بعد الولادة، وأن تستعيد لياقتها البدينة.

ففي تلك المرحلة لم يكن يهمها إلا أن يكتمل الحمل، وأن تكمل الأشهر على خير، وأن تلد الطفل بصحة جيدة.

يبدو أن تلك الطفلة كانت مصرة على أن تولد في نفس يوم عيد ميلاد والديها.

وهكذا أصبح الزوجان أبا وأما في ذلك اليوم، الذي تمت إضافة مناسبة جميلة إليه.

لقد أصبح هذا اليوم يجمع الكثير من المناسبات السعادة، مناسبات لم يكن احد ليعتقد بأنه من الممكن أن تتجمع في يوم واحد، أو تصبح كل الذكريات الجميلة تتصل بنفس اليوم السعيد.

فكرة خلاقة

بعد مرور سنة احتفل حبيب وحبيبة وابنتهما الجميلة إلي أطلقا عليها اسم نعمة، بعيد ميلادهم المشترك، والذي أيضا كان ذكرى للعديد من ذكرياتهم السعيدة.

لم تكن هذه الحفلة خاصة، بل كانت حفلة كبيرة إلا أنهما قد قررا أن يقيما الحفلة في البيت، الذي كان جنتهم الجميلة.

في تلك الحفلة جاءت حبيبة بفكرة، وطرحتها على زوجها فقالت له:

هل تعلم يا حبيبي بأنني قد فكرت في فكرة لكي يصبح

هذا التاريخ قدسا بالنسبة لها، لأنه يجمع الكثير من المناسبات.

حبيب:

وما هي فكرتك يا حبيبتي الجميلة؟

حبيبة:

لقد فكرت في أن أعمل، وأساعدك لكي نربي ابنتنا

حبيب:

ولكن أنا عملي جيّد، ولم أشتكي لك

حبيبة:

أعلم ذلك ولكنني فكرت في أن نؤسس عملا خاصا بنا

حبيب:

مثل ماذا؟

حبيبة:

لقد جمعت مبلغا من المال خلال السنوات الماضية،
فلما لا نفتح عملا خاصا بنا.

ويصبح عملا عائليا.

حبيب:

عمل عائلي؟!

مقهى العشاق

23 مارس يوم الاعتراف

أكملت حبيبة شرح فكرتها لحبيبها وزوجها وهو لم يكن يعلق بشيء بل كان منغمسا في الفكرة ويحاول التركيز مع كلام حبيبته التي قالت له:

أجل يا حبيبي.. لكي نعمل مع بعض ونبقى مع بعضنا كل الوقت، وأيضا لكي نقدس هذا التاريخ.

حبيب:

لم أفهم.. هل يمكنك أن تشرحي قليلا؟

حبيبة:

أقصد أن نفتتح مقهى للعشاق، وأن نطلق عليه اسم:

"23 مارس يوم الاعتراف"

وأن نقيم فيه حفلات كل سنة وأن نروّج له بأنه مكان لكي يتعرف فيه العشّاق بالحب لبعضهم مثلما حدث معها.

والاحفلات كل يوم **23 مارس** والتي توافق حفل عيد ميلادنا نحن الثلاثة، وذكرياتنا الجميلة، والخاصة.

فما رأيك؟

حبيب:

فكرة رائعة

حبيبة:

هل هذا يعني أنك موافق؟

حبيب:

طبعا موافق، وموافق جدا.

لقد أعجبتني الفكرة كثيرا

حبيبة:

حسنا إذن.. سوف نقوم بتجهيز كل الأمور، وسوف نفتتح المقهى خلال هذا العام إن شاء الله

حبيب:

بل سوف نؤجل الافتتاح إلى يوم 23 مارس من العام المقبل، ونقيم حفل الافتتاح مع حفل عيد ميلادنا، وعيد زواجنا.

فما رأيك؟

حبيبة:

أنا لا مانع لدي.

حبيب:

أظن أن الفكرة جيّدة جدا.

فهل أعجبتك؟

حبيبة:

أجل أعجبتني.

حبيب:

أنت موافقة على اقتراحي إذن؟

حبيبة:

أجل أنا موافقة..

حبيب:

اتفقنا إذن؟

حبيبة:

اتفقنا..

أر أيتك نحن نتفق في كل شيء.

حبيب:

أجل حبيبتي..

حبيبة:

حبيب..

حبيب:

نعم حبيبتي..

حبيبة:

أنا أحبك.

حبيب:

وأنا أحبك

Sommaire

www.ingramcontent.com/pod-product-compliance
Ingram Content Group UK Ltd.
Pitfield, Milton Keynes, MK11 3LW, UK
UKHW040031200726
13854UKWH00001B/460

9 798223 081142